Silans Konfyans

Yon Lanmou San Fontyè

Sherley Louis
Jounal Entim

EVOKE180 PUBLISHING | LAUDERHILL, FL

Desen Kouvèti- Kolevka

Pran nòt: Foto fi ki sou kouvèti a se pa foto otè a

Silans Konfyans/ Sherley Louis.

ISBN 978-1-7377826-9-8

Distribisyon Mouvman Kreyol Institute & International Teaching Academy

Silans Konfyans

Koleksyon Koukouy

Anndan Liv La

Dedikas

Mwen dedye liv sa a pou tout anmoure, fanm kou gason, ki ap viv lanmou yo adistans.

Remèsiman

Mwen voye yon remèsiman espesyal pou tout moun ki te ede mwen nan reyalizasyon pwojè sa a: Michel-Ange Hyppolite (Kaptenn Koukouwouj), Berwick Augustin, Hugues Lamour, Helen Mackellar e Samson Pierre.

Alapapòt

Silans Konfyans se yon chantye tou nèf Sherley Louis louvri sou teren literati kreyòl Ayiti a. Liv sa a pote anndan li yon tranch nan panse entim otè a, li chwazi pataje avèk lektè li yo. Se rezon sa a menm, ki mennen li klase liv la nan kategori *Jounal Entim*. Plezi pataj sa a parèt nan tan KOVID 19, kote kondisyon difikilte lasante te mete lemonn antye ogadavou. Tout moun te rete lwen moun. Sepandan, lanmou pa te kab rete sou pòz. Konsa, refleksyon sou fason moun dwe viv lanmou te jwenn plas pou yo fè ladesant nan lespri Sherley Louis. Li te fè plas pou yo grandi. Epi, lè otè a te fin abiye yo nan gou li, li prezante yo bay lektè li yo tankou pawòl majè yon ekriven, ki louvri je li byen laj, mezi laj li, sou libète moun dwe bay tèt yo nan lavi lanmou.

"Nou dwe aprann divès fason pou nou egziste nan amoni yonn ak lòt, yonn pou lòt epi koupe sosyete a koutje, pandan nou konnen gen yon limit nou pa dwe janm depase, paske nou pral dezamonize, dezakòde pwòp tèt ansanm nou ak sila yo ki nan anviwonnman nou yo" (Paj 69)

Nan Silans Konfyans, Sherley Louis pran tan li, li ranmase tout bon sans li pou li mete nou an kontak avèk divès ale vini ki alimante kouran lespri. Yo tout se aboutisman eksperyans li kòtakòt avèk divès obsèvasyon li anrejistre nan anviwonnman li.

Jounal Entim Sherley Louis a se yon pwomnad nan mitan yon jaden ki ap fleri pou byennèt chak moun, lwen tout kalite limitasyon sosyal. Divès restriksyon otè a denonse yo, se movezèb ki ap toufe juisans plezi viv. Se poutèt sa, li pote kòd nèf ak bon jan bokit pou li tire dlo ki kab rafrechi lizyè panse perime, ki kontinye ap pran rasin nan yon sosyete ki ap evolye pi plis chak jou.

"Ou di mwen, ou toujou la pou mwen. Mwen di ou mèsi, cheri. Mwenmenm tou, mwen ap toujou la pou ou. Depi ou rive mete sou poz tout lide tèt-anba sosyete nou an mete nan lespri ou, nou pral louvri pòt lanmou sa a byen laj." (Paj 32)

Divès pawòl, tanto pou pwoteste kont yon sistèm sosyal demode, tanto pou li montre chemen amoni nan yon relasyon lanmou, se pon chanjman pou lanmou vwayaje an dousè nan mitan anmoure tan modèn yo. Tout pandan otè a ap pase sistèm sosyal, nan anviwonnman li yo anba loup, li pwofite tabli pwòp bezwen pa li, epi li demontre nesesite pou lòt anmore chèche limyè lanmou selon pwòp bezwen pa yo.

Nan *Silans Konfyans*, lektè a ap pran gou nan fason otè a abòde plezi lanmou avèk yon sipèb sajès. Men, pi plis toujou, nivo langaj otè a itilize a konn mennen lektè a sou chemen teknik imajis ekriven Sosyete Koukouy yo ap eksperimante depi nan kòmansman ane 1990 yo.

"Si yon jou kò mwen avèk ou ta fè yon dyagonal yonn pou lòt pandan nou ap trase espas limyè ki ap klere plezi nou, se tout zwazo sou latè ki ta pran chante pou nou. Se tout flè ki ta amonize koulè yo pou yo kouwonnen lanmou nou. Se tout bato ki ta gonfle vwal yo pou yo vwayaje avèk nou.

Wi! Si yon jou. Senpman, si yon jou, espas nou ta rive fè yon sèl sou tè nou ap gani nan kè nou an, ala yon bèl chato lanmou nou ta bati ansanm tidous mwen." (Paj 70)

Silans Konfyans se premye liv, nan kategori *Jounal Entim*, ki soti nan Koleksyon Koukouy. Jiskaske rechèch yo pwouve lekontrè, nou kab di: *Silans Konfyans* se premye liv ki pibliye nan kategori *Jounal Entim* nan literati Kreyòl Ayiti a.

Michel-Ange Hyppolite

(Kaptenn Koukouwouj)
Manm Biwo Santral Sosyete Koukouy
Akademisyen nan Akademi Kreyòl Ayisyen

Entwodiksyon

Silans Konfyans se yon eksperyans tou nèf nan domèn literati kreyòl Ayiti a. Li parèt nan yon epòk difisil pou limanite, yon peryòd kote tout bagay te chanje nan fason yo te konn ap opere.

Pou anpil moun ki te selibatè, dating pa te yon bagay fasil ditou e se konsa tou laperèz kay chak amoure te tankou monte maswife. Anmoure yo te rantre nan yon faz izolman, mete mask, pran vaksen, epi mete sou tout sa, chans pou yo te trape Kovid-19 (Covid-19) la, kit yo te vaksinen kit yo pa te vaksinen te toujou prezan. Se te mèt kò veye kò. Sepandan, lanmou pa te kab kanpe. Konsa, lanmou te apiye sou baryè teknoloji a pou dating fas-a-fas te tounen dating vityèl.

Pou mwen di laverite, mwen pa ta janm kab rive kreye Silans Konfyans, si lemonn antye pa te sou poz. Kòm moman an te pwopis, se tanzantan mwen te pran yon tan pou mwen pale ak tèt mwen. Nan fon panse mwen toujou, mwen te pale ak moun mwen ta renmen viv avèk li a.

Nan lavi, kondi yo di, se sitiyasyon ki fè aksyon. Nan sans sa a, Kovid (Covid) la te fè mwen pran desizyon pwodui yon liv nan yon kategori mwen poko te janm wè nan literati kreyòl Ayiti a. Se kategori Jounal Entim (Intimate Journal).

Nan travay mwen an, mwen vini avèk yon apwòch pèsonèl, kote jounal entim lan se pa senpman yon moun ki ap rakonte sa ki ap pase nan lavi li yon fason lineyè. Mwen te deside devlope yon dyalòg vityèl (virtual dialogue) ant 2 moun mwen te pote anndan mwen nan yon epòk, kote moun pa te kab kontre avèk moun. Tout pandan nou pral li liv sa a, nou pral dekouvri yon lanmou san fontyè ki makònen avèk silans epi Konfyans.

Louvri kè nou, louvri lespri nou pou nou akeyi Silans Konfyans!

Sherley Louis

Kòmansman

~ 9 ~

Siwèl ak Makòs se de moun lavi te mennen kontre bab pou bab. Men, yo vin zanmi pandan yon konferans sou zoom, nan yon epòk lavi te ap mache sou flanm razwa toupatou sou latè. Zanmitay yo pa te pran tan pou li te louvri baryè lanmou sou yon senfoni plezi viv.

2 jen

Zanmitay Nou Bay Payèt

Siwèl: Mwen prèske fin tande tout mesaj la. Di mwen non, maren, nan ki mwa ou fèt? Mwen pa kab gen yon moun mwen fenk kòmanse abitye avèk li epi pou nou gen menm panse konsa.

Makòs: Mesaj la rive, sè mwen. Mwen kontan, mwen gen yon sè entèlektyèl pou nou fwote lide ansanm, pataje sa nou kapab toujou anba limyè franchiz.

You are blunt and direct so am I. Therefore, together we can go far[1]. Lè ou santi mwen aji

---

[1] ***You are blunt and direct so am I. Therefore, together we can go far-*** *Ou pa nan voye wòch kache mwen. Mwenmenm tou se konsa mwen ye. Konsa, nou kab rive lwen ansanm-*

mal ou kab di mwen li apa epi nan respè. Oumenm tou, si mwen remake yon ajisman bò kote pa ou, mwen pa renmen, mwen va di ou li apa epi avèk menm respè mwen fenk pwopoze ou la.

Konsa, amitye nou va grandi bèl epi li va bay anpil moun payèt.

Siwèl: Mwen dakò avèk ou. Pawòl ou di yo koresponn ak panse pa mwen tou.

Makòs: Mèsi pou chemen an nou louvri ansanm. Nou pral kannale sou li ak plezi nan kè kontan lakonesans.

3 jen

Jui Lavi Pa Peche

Siwèl: Bonjou Cheri! Mwen kontan e mwen byen; sa vle di, tout manm yo anfòm e lespri a anfòm tou. Nan lavi a se pwofite pandan nou kapab. M kontan remak yo. Pa fatige ou.

Makòs: Se vre!

Nou dwe pwofite chak moman pozitif nou genyen tankou chak jou se dènye a. Konsa, nou va toujou fè tout efò nou kapab pou nou agremante bon moman yo pandan nou ap reflechi sou fason pou nou kreye plis toujou. Se yon sèl lavi nou genyen epi nou ap viv li nan fason nou ap viv la a. Gen moun ki pale de yon lòt vi ki ka vini apre sa. Sepandan, kabrit di sa ki nan vant yo, se li ki pa yo. Fab Lafontaine lan di: *Un tien vaut mieux que deux, tu l'auras*. Nou rantre nan sa filozòf yo rele *morale épicurienne* lan. An Ayiti, nou di: jui lavi!

Anyen pa etènèl, Siwèl mwen an. Nou dwe toujou sonje plezi a se toujou nan moman nou ap pran li pou nou pran li, pa vre! Tout rès la se rèv pou nou plante epi nou va rekòlte yo yon jou si kò nou bon, epi si sous nou kontinye ap ponpe juisans plezi kòtakòt ak plezi viv.

Siwèl: Mezanmi! Ekriven an depoze sou mwen. Rete! Ban m pran ti chèz ba mwen. Ohh!! Ak plim mwen tou.

Makòs: Mèsi! Plezi viv la se espesyalman lè nou kontre ak moun ki konprann boula lavi a menm jan ak nou.

Siwèl: Ahh! Ou gen rezon. Mwen anfòm. Men, mwen twouble.

4 jen

Enèji Ou Anvayi Mwen
Konvèsasyon Manchlong

Makòs: Bonjou Siwèl mwen an. Mwen sou pye. Wout pwomnad la se te frechè alevini epi plezi pou zye mwen. Jaden flè yo anbome pasyon ak rèv mwen, men genyen ki gen pikan. Sa mande anpil swen pou yo keyi yo. Atansyon pa kapon non, men lespri se trezò lavi. Se ladan pou nou pran grad jouk nou monte tout wotè nou kapab ak fòs kouray nou epi pasyon nou.

Bòn joune, Siwèl mwen.

Siwèl: Bonjou frè m! M pa bezwen mande, men fòs enèji w, ki travèse pawòl ou, rive jwenn mwen jouk isit la. Enben, flè pikan an se moun sou wout ou, antouraj ou. Sa mande anpil swen pou nou travay ansanm. Wi nou ap pran grad. Bèl refleksyon! Nou va pale pita!

Makòs: Mèsi pou reyon limyè anplis sa a ou layite sou panse sa a. Konsa, limyè a nan men ou tou. Ansanm nou kab klere pi fò.

Siwèl: Li w, epi tande w se gwo lòbèy. Se tout kò mwen ki pran fè eskandal. Adye ooo! Lontan m pa kwaze moun tankou ou yo. Nan vil mwen soti a, li pa fasil non pou ou jwenn ak ansyen bon sa yo. Se yon chans.

Makòs: Se ansanm pou nou mache.

Siwèl: Kreyòl pale. Kreyòl pa konprann.

Makòs: Bon si kreyòl pa konprann se paske kreyòl poko vle konprann. Mwen swete rive yon moman kreyòl va konprann. Sa yonn swete pa pe janm kab rive reyalite si yonn poko pare pou li konprann lòt. Si yonn poko pare pou li konprann lòt, se swete senpman lòt la ka swete. Kòm pozitif rale pozitif. Lòt la ka kontinye swete toujou ak limyè fòs pozitif.

Siwèl: Tout bon, mwen poko konprann. Mwen swete mwen va konprann yon jou.

Makòs: Se byen, ou va konprann yon jou. Jou sa a, konprann pa mwen va melanje ak konprann pa ou epi nou va monte ozanana pou nou al keyi bèl flè nan tèt sous la. Se la wi lavi mare kòd lespwa pou nou kontinye mache kòtakòt.

Siwèl: Anmweyy!!! Gade yon maren ki ap navige batiman mwen. Ki kalite van sa a? Di pasaje yo ki resif ki pre bato a. M pa gen vès softaj non.

Makòs: Imaj bato a se bèl imaj. Se kreyativite ak imajinasyon ki ap gide nou. Se pasyans ki ap sèvi sovtaj pandan yonn ap veye pou lòt epitou yonn ap veye sou lòt.

Siwèl: Anmweyy!!

5 jen

Souri Ou Pote Limyè

Makòs: Depi nou ap veye ansanm, depi nou kab veye ansanm, bato nou va evite tout resif nan silans lespri nou ak nan grandè panse nou.

Se ansanm wi! Toujou ansanm!

Lanmè a se nou

Bato a se nou

Nou va kontinye aprann ansanm

Siwèl: M toujou poko wè klè. Se pwason mwen ye, mwen ap naje jis mwen jwenn gwo kouran. Petèt mwen va jwenn limyè.

Makòs: Annou chèche limyè a ansanm.

Siwèl: Wi! Nou ka travay ansanm. Ou puize sous savwa mwen ak yon so tou nèf, yon kòd ki fèt ak bon pit. Plis ou lage bokit la fon, se plis w ap jwenn bon dlo klè.

Makòs: Bravo!! Gade yon pawòl powetik. Gade yon siwèl konfyans. Annou kontinye navige pou nou souse li ansanm.

Siwèl: Ou fè m souri. Parèyman!

Makòs: Souri ou pote limyè pou nou de. Se bèl pataj plezi.

Se yon samdi inoubliyab sou bato nou ap goudiye ansanm lan.

Mwen ap kontinye plonje bokit mwen, ban mwen asiz pou nou kontinye navige ansanm. Ban mwen asiz. Asiz ou se fòs mwen.

Siwèl: Imajinasyon sa a twouble lòlòj mwen. Mwen vle mete dlo pi sa a yon kote pou li wouze jaden ak lòt teran ki sèk.

6 jen

Nou Ap Chèche Yon Zile

Bonjou konpayèl mwen.

Nou sou bato a ansanm. Nou se navigatè, nou se maren. Nou ansanm nan mitan lanmè santiman nou. Nou nan mitan yon sezon eksperyans pou nou de. Yon eksperyans ki mache ak konfyans resipwòk. Menm konfyans ou fè mwen an, se limenm tou mwen fè ou. Si yonn kontinye fè lòt konfyans, nou ap kontinye vwayaje ansanm. Nou sou dlo. Nou ap chèche yon zile pou nou jete lank. Se la nou va kòmanse bati tout bèl plan santiman ki ap fè lago nan panse nou yo.

Planifikasyon ap toujou rete planifikasyon, men yo gen pouvwa pou yo emèveye zòt, ki ap gade adistans lè nou va rantre yo nan reyalite lavi nou.

Nou ap viv nan distans yonn parapò ak lòt, men pawòl nou yo se pon ki pou rapwoche nou nan reyalizasyon plan nou yo. Pli nou pran yo, va sèvi plimo pou nou ansanse pasyon nou yonn pou lòt.

Tout pandan nou ap vwayaje a, toujou sonje sè mwen, wi toujou sonje, modpas nou se Silans Konfyans.

Makòs

13 jen

Plimo Sa Yo Vin Poudre m...

Èske mwen kab fè silans apre mwen fin li kokennchenn pwezi sa a? Ou pale ak kè mwen. Ou pale ak nanm mwen. Ou pale avèk lespri mwen.

Pou kounye la a, mwen chita nan machin lan. Mwen pral travay. Men, mwen pran poze tèt mwen kesyon: Ki kote kè mwen te ye? Ki kote lespri mwen te ye? Ki kote nanm mwen te ye? Epi se oumenm ki soti kote ou soti a pou ou vin reveye yo. Èske se dòmi yo ta pe dòmi? Èske yo ta pe pwonmennen? Èske yo te an vakans? Oubyen petèt, èske yo te mouri epi ou vin reveye yo?

Mwen pa konnen, ki non mwen kab ba ou. Men, vwala ou ap pale de konfyans. Konfyans! Kisa konfyans lan ye pou ou? Mwen te mande ou sa. Ou te reponn mwen ak yon definisyon ki nan gou pa ou. Men, èske mwen kab fè moun konfyans ankò? Èske mwen kab fèmen zye mwen epi kite yon moun plonje bokit mwen nan pui lavi a? Oubyen, se mwenmenm, avèk zye mwen byen kale, ki pral puize dlo klè, bon jan dlo byen fre, nan sous la?

Ou pale mwen de silans. Men, èske mwen kab fè silans? Gen silans ak silans wi. Mwen pa konnen si se kè mwen ou ap mande pou li fè silans oubyen si se mwenmenm menm ou ap mande pou mwen fè silans.

Gen pozisyon ou ye, fòk ou rele. Gen pozisyon ou ye, fòk ou pouse son espesyal. Si ou mande mwen toufe rèl la, fòk ou kreye espas pou mwen plenn, paske gen kèk moman yon moun rive nan lavi li, genyen kèk siyalman ki ap pase nan fil vibrasyon sansiblite li, li difisil pou li fèmen je li epi rete nan endiferans silans lan san li pa di anyen. Menm si okenn mo pa soti, kite mwen souri non. Konsa, ou va konprann tout fèt nan sezon fanm mwen, ki ap layite anndan mwen. Kite mwen plenn. Lè mwen plenn, se pawòl mwen yo, ki transfòme, dedouble pou yo bay kò mwen yon kanpo.

Ou pale mwen de plimo. Mwen ta swete plimo sa yo vini pou yo poudre mwen, pou yo poudre nanm mwen, pou yo poudre lespri mwen. Epitou, chak kote plimo sa yo ap pase, yo dwe kite kouch pawòl, leve panse, kanpe plim sou pan imajinasyon mwen pa te janm espere. Wi, se kalite reyalite sa yo ki pran chè nan lespri mwen epi se yomenm ki ap louvri chètout mwen nan bra ou.

Kite mwen kreye avèk ou. Ede mwen kreye yon espas natirèl ki poko janm egziste. Nou ap kite tan an mennen nou. Li va rive kote li vle, men kèlkeswa kote li rive, nou va toujou jwenn zèl pou nou vole pi wo, dekouvri lòt destinasyon, kreye lòt gam plezi. Sèl sa mwen swete, se pou li kanpe nan yon bon espas. Yon espas nou va rive donte jouk li va sèvi nou gid pou mennen nou pi lwen toujou pase kote nou ye jounen jodi a.

Mwen nan yon pozisyon ki ban mwen manm. Mwen pa anvi lage. Kidonk, annou kontinye suiv chemen nou ak silans, men toujou sonje pou ou kite mwen plenn, paske lè mwen plenn se pwofonde mwen ap pwofonde anndan mwen pou mwen monte ak lanmou. Yon lanmou san limit. Kite mwen plenn. Se konsa nou va rive ale byen lwen pou nou viv plezi nou ap dekouvri ansanm yo.

Bòn nuit! Mwen renmen ou.

Siwèl

14 jen

Modpas Nou: SILANS epi KONFYANS

Bonjou konpayèl mwen

Silans ak konfyans ki soude nou an, va sèvi pon pou konekte nou pandan nou plonje nan basen lanmou... Nou nan dlo. Nou ap chèche yon zile pou nou depoze lank. Se la, nou va kòmanse trase bèl plan rèv ki nan panse nou yo. Konfyans ou kontinye fè mwen an, se limenm yonn fè lòt pandan tout tan nou ap vwayaje nan mitan rèv nou yo. Rèv nou yo va tounen konpa direksyon pandan nou ap lage kòd lanmou adistans. Men, pawòl nou yo, se pò ki pou rapwoche nou chak jou pi plis nan mitan pasyon nou. Epi se pasyon nou limen yonn pou lòt, yonn nan lòt, nan mitan pli mo nou yo, ki pral vini plimo pou nou poudre lanmou nou va depoze sou wout nou, pou lèzòt yo ki nan wout rive suiv egzanp nou va kite pou yo sou wout nou.

Nan kèlkewa sikontans lan, toujou sonje modpas nou: silans epi konfyans.

Makòs

15 jen

Souf Ou Mele Ak Vwa w...

Mwen pral anba yon pye zanmann. Mwen va chita arebò pui a nan kafou lanmou pou mwen koze avèk ou. Gen yon ti labou tou pre a wi. Men, pa enkyete w. Nou bezwen labou a tou. Depi gen labou, gen dlo, gen tè, gen pousyè. Gen yon maryaj ant lanati ak lanati. Se kè avèk kè ki ap pote kole nan mitan yon melanj natirèl pasyon lanmou pote pou nou.

Nou bezwen labou a tou. Li pa toujou bèl, men li montre nou genyen lavi, gen ti kè sote. Se nan mitan kondisyon difisil sa yo lanmou w pral vlope m tankou yon bèl sandal espesyal pou plapye mwen ka toujou rete pwòp. Pou fòs nou kole ansanm, an pwofondè ak nanm nou, rive pote dlo fre lanmou nan sous lavi nou.

Menmsi sandal sa a ta rive kase, n ap trennen l. N ap mache sou pwent pye. N ap mare l ak fisèl lanmou jouk nou va rive jwenn yon «kole boyo m achte yo» ki kab fè tout sa li konnen pou li ede nou ranfòse ansanm, flanm santiman nou, ki dwe kontinye renouvle tout tan gen tan.

Konsa, m a chita savoure tout mesaj yo. M a tande souf ou, ki mele ak vwa w. Se konsa mwen va navige pou mwen rantre nan sous dousè Makòs ki pral vini Dousmakòs pa mwen an.

Siwèl

16 jen

Plezi Viv Nou Se Pou Nou
Kominikasyon Manchlong

Siwèl: Mwen kontan anpil ou ban mwen tan pou mwen kite kè mwen pale ak kè pa ou epi pou lide nou danse, makonnen ansanm yonn ak lòt. Mèsi anpil dèske ou tande mwen, paske dèfwa ou kab ap pale ak yon moun epi li pa tande ou.

Mèsi anpil dèske ou te pote anpil lide ki te kab ede mwen franchi etap sa a nan lavi mwen. Mwen kontan dèske ou fè suivi avèk mwen.

Bòn joune! Pwoteje kè ou, pwoteje lespri ou, pwoteje panse ou. Silans Konfyans!

Makòs: Maten an, pawòl ou touche tout anndan mwen. Mwen santi mwen dous lè mwen fin santi fason mesaj la soti nan fon vwa ou ak yon aplon wosiyòl. Sèl sa mwen kab di ou: Se kite kè ou pale, cheri. Se pou anndan ou pyafe, sote, ponpe, epitou, se nan fason li pyafe, ou pral dekouvri fòs lanmou nou. Se plezi viv nou wi, ki pou nou. Tout rès yo se akseswa pou nou etale nan mache lavi. Se nan fason kò ou va reponn kò pa mwen, nan sakad yonn va telegide lòt nou va reveye plezi anvi nou nan mitan anvi viv.

Nou Batize Lanmou Nou

Siwèl: 16 Jen te yon jou espesyal pou mwen tou. Se yon jou batèm. Se yon jou dlo. Se yon jou lespri. Kò, nanm, tout kominike ansanm. Mwen tande ou pale de perèz. Ah Ah! Petèt perèz la soti nan moun yo. Perèz la soti nan manke konfyans. Perèz la soti nan pa gen asirans. Mwen pa jwenn repons. Mwen pa jwenn mo. Mwen pa jwenn pawòl. Sèl bagay mwen konnen jou 16 jen sa a, nou te batize yon lanmou ki tou nèf. Yon lanmou ki antre nan yon lòt dimansyon. Se yon lanmou ki rantre nan yon lòt nivo. Kote li prale apresa? Mwen pa konnen. Siwèl kite tèt li ale. Siwèl ba ou lapasèt. Kote li rive, li rive. Kote li kanpe, li kanpe. Kote li tonbe, li tonbe. Kote li rete, li rete. Nou ap ekri lanmou. Nou ap pale sou lanmou, epi nou ap fè lanmou.

Laloz nan Zòrèy

Makòs: Siwèl cheri mwen, nou rantre nan yon mond kote nou ap bay lanmou fòm nou vle a. Nou ap transfòme fason moun abitiye viv lanmou yo. Nan sans sa a, lè ou di nou ap fè lanmou, se bati nou ap bati lanmou an. Nou doukla sou de nivo, cheri. Se de nivo yonn sou lòt. Nou pa konnen ki moun ki anwo, ni kilès ki anba, men nou ap viv lanmou nou nan fason nou ap bati li a. Nou swete jenerasyon ki nan wout yo va sèvi ak leson nou kite pou yo nan echanj nou yo tankou yon eritay lanmou pasyonèl ki ap monte an chandèl.

Ou di mwen, ou toujou la pou mwen. Mwen di ou mèsi, cheri. Mwenmenm tou, mwen ap toujou la pou ou. Depi ou rive mete sou poz tout lide tèt-anba sosyete nou an mete nan lespri ou, nou pral louvri pòt lanmou sa a byen laj. Nou pral pran tan nou, pou nou apante toupatou nan lespri nou. Nan tout kò kay la ki se anndan nou an. Wi nou se kay pou lanmou nou apante.

Toujou sonje, pou si yon jou sanzatann, yonn ta kòmanse ap fè laloz nan zòrèy lòt ak pawòl lanmou, jouk pou ti kè militon an ta bezwen sakad epi kawòt la bò pa li va mande aktivite, ou ap tou pare. Nan moman an, ou va tranpe lide ou, nan luil kò ou, pou ou mennen li sou wout sansayon, ki pa rete ak sansasyon, sansasyon wòdpòte, ki kab monte degre ou, jouk ou rive nan nivo vini entegral la. Nan okazyon sa a, jou sa a, mwen va tann ou jouk ou rive nan kay la, epi nan moman sa a nou va apante lanmou ansanm, siwèl cheri mwen.

Bòn joune, cheri. Nou louvri jounen an an dousè. Panse nou ap rete konekte an dousè. Se konsa wi, nou va rive bati pon lanmou an. Se konsa wi, nou va fè lanmou. Plezi lanmou pa gen parèy. Kèlkeswa jan nou rive a, se entansite sansasyon dousè a ki gen kle verite a.

17 jen

Mwen Plòtonnen Nan Lanmou Nou

Kominikasyon Manchlong

Bonjou cheri mwen an.

Mwen leve maten an

Mwen tou nèf.

Mwen santi mwen louvri yon lòt vi. Mwen ajoute may sou lavi mwen.

Wi Siwèl cheri mwen an, se ansanm nou kreye 16 Jen. Yon dat nou ekri ak plim pasyon nan almanak souvni istwa lanmou nou. Mwen se navigatè. Mwen se Dousmakòs.

Mwen plòtonnen, ploge panse mwen, sansasyon mwen nan woulèt lanmou ou pou nou bay payèt pou lavi vin pi bèl pou nou tou de.

Mwen vle louvri baryè konfyans ou ak kle pawòl mwen yo pou mwen aprann ou renmen nan yon lòt nivo.

Nan nivo lespas ki separe nou an.

Makòs

Lapli Tonbe Mezi li Kapab

Yèswa, cheri, Siwèl Kreyòl mwen, ou benyen mwen nan dimansyon espirityèl mo a. Mwen degoute tankou lapli sou kay tòl. Se libasyon nou wi. Yon nyaj epè parèt ak sakad pandan tan an ap siyale lapli. Lapli tonbe mezi li kapab, mezi laj mwen, mezi tan nou te genyen pou pawòl grandèt. Menmsi ou reprezante jouvans, ou te mennen mwen ale nan ozannana sansasyon kreyòl ou.

Plis mwen sonje 16 jen, se plis kouran pawòl ap monte rive nan sèvo mwen pou sèvis lajenès reveye mwen epi mete mwen kanpe dyanm.

Makòs ou, ki renmen ou anpil, ki rantre nan jaden kè ou tout enstriman aratwa lanati ba li pou li bati pon jouk li rive nan sous plezi.

Louvri   pou   mwen,   Siwèl   cheri.
Louvri baryè pou lanmou nou.

Se ak gwo bo mwen pentire tout sous plezi
ou,

Makòs ou a, an dousè nan kè sous fanm ou.

Makòs

Se Kounye a Mwen Vle Ou, Cheri

Mezanmi ti Makòs mwen, moso dous mwen. Ti Makòs ole. Ti Makòs ak lèt, ti Makòs ak sik, sik griye, ti Makòs gou nan bouch. Ou serye? Se oumenm ki ekri pawòl sa yo? Ou dous wi! Ou dous tout bon!

Gade yon kout kanno! Pou di mwen kab reponn kout kanno sa a? Se sèten mwen kapab. Nou rantre nan yon lòt dimansyon wi, cheri.

Lajounen rantre nan depo li. Nuit lan ap parèt tèt li aklè. Li onzè diswa wi, cheri. Li onzè diswa doudous mwen. Mwen sot travay. Ou ban mwen kouraj. Ou ban mwen fòs. Sa fè mwen travay ak tout nanm mwen. Pandan mwen la a, se oumenm ki nan lespri mwen. Se mesaj tout kalite ou voye pou mwen yo, ki ap monte nan lespri mwen, travay anndan mwen epi lage mwen nan wonn plezi viv.

Tanto se fòs sansasyon nou ki monte nan mesaj yo, tanto se kondisyon lavi ki louvri zèl, tanto ou senpman parèt pou ou pran nouvèl mwen, paske ou konnen mwen pou kont mwen sou tè isit.

Makòs, cheri, ki sa a aswè a ap pote pou nou? Jodi a madi, doudous mwen. Ou di se samdi maten nou kab rankontre. Se nan moman sa a, kò ou ap kab rankontre ak kò pa mwen; amoni vwa ou va melanje ak melodi vwa pa mwen, epi lespri ou, nan fon panse mwen, va glise nan lespri pa mwen pandan kò mwen pral mache kontre ak kò pa ou, pou nou pote dousè nan mitan senfoni lanmou.

Se madi wi, jodi a ye. Ou kwè mwen kab rete tann? Pou di mwen kab kite sansasyon sa a balanse an plas pou li toufe mwen, pandan lespri mwen sou wout ap tann samdi? Non! Mwen p ap kab ret tann! Se kounye a mwen vle ou, cheri. Se kounye a, mwen vle ou pase men ou, pase pye ou, pase lang ou, pou ou pran plezi siwèl ou a. Epi pou ou pran lanbe siwo sa a, ki ap soti ak yon dousè san parèy. Yon dousè ki pou fè ou pran mwen, menm nan mitan distans ki separe nou an. Se yon dousè ki kab ban mwen zèl pou mwen vole, monte, grenpe byen wo epi pou mennen mwen desann ak fòs sakad tankou otobis Marijàn ki ta pe desann mòn Tapyon. Se pa tout sakad non ki fè mal. Gen sakad ki benyen ou wi, li benyen ou ak dousè. Konsa tou, gen sakad se bon frap dyanm pou kore nannan mwen, cheri. Genyen frap ki kab tape nannan kokoye mwen ak bon manchèt, nan tout kwen, tout direksyon, nan mitan ale vini san rete, ki pou mennen mwen mòn Pilbowo, pandan mwen ap chèche pwent Makaya pou mwen rele ou papi. Se frap sa a wi, mwen anvi ou ban mwen, aswè a, cheri. Frap tout longè sa a, se limenm ki nan lespri mwen pandan mwen ap pataje pawòl sa yo avèk ou la a. Kalite frap sa yo pa gen doulè. Se yomenm, cheri, ki pral mennen mwen nan fon kè zanj yo.

Menm jan gen frap ki kab mennen mwen al jwenn zanj yo, genyen lòt ki kab mennen mwen nan fon lanmè, kote tout kalite reken ak pwason abite. Se sa menm, nan fon lanmè, kote lòm pa demere, kote ki gen kay nan kay, kote ki gen wout nan wout. Nan fon lanmè a, mwen va desann ba, byen ba; plis mwen ap desann, se plis ou ap suiv mwen. Nou prale nan yon zòn, nou ap kreye pou nou de a. Yon bitasyon, kote sirèn ak balèn bati mèvèy. Se nan anviwonnman sa a, tout manman penmba ki anvi depoze, ki anvi lage ren yo an woulawoup, va vin chèche refij kòtakòt avèk nou, si degre lanmou yo pran fòs nan menm sous avèk nou. Nan vil lanmou sa a, cheri, fòk ou konn danse, fòk ou konn jwe marèl, fòk ou konn sote kòd pou ren ou rive lage woulawoup li tout boulin.

Nou pral fè woulawoup wi, cheri. Lè doudous yo rankontre, nou pral fè siwo. Gade siwo! Ki kalite siwo sa a? Mwen wè li gen koulè mawon. Mwen wè li gen ti tras woz. Se pa tout woz non. Yon ti woz ki fonse. Oo!! Gade yon lèt ki gen aparans kremas. Sa a se yon lèt byen sikre. Se lèt sa a wi, yo bat avèk siwo, kokoye, miskad, kanèl, ak zès sitwon ki fè li vin dous. Se pa nenpòt dous non. Li tèlman dous, li vin dous makòs.

Mwen ba li yon non Dousmakòs. Ki moun ki Makòs la? Si mwen te wè li, mwen ta salye li, mwen ta voye di li bonswa oubyen mwen di li bonjou. Makòs sa a, gen lè fè travay li byen wi. Makòs sa a gen lè pa yon moun konsa konsa non. Makòs sanble li te fè yon bagay. Depi li fin fè li, yo tou di li, se pa nenpòt kalite dous. Se dous kay Makòs. Makòs la se yon adrès. Makòs la se yon referans. Makòs la se yon avni. Makòs la se anndan yon kay. Makòs mwen, fè mwen dous non. Mwen pa kab tann madi. Voye chèche mwen non, cheri. Mwen pa kab tann madi. Makòs! Antre anndan mwen, fè mwen dous, fè mwen bay siwo, fè mwen bay tout kalite rèl ki melanje ak sakad kò. Lè nou fini, mwen va soti avèk yon bèl souri tout lajè. Lè tout moun va wè mwen, yo va konnen mwen byen, paske mwen genyen yon Makòs anndan dous mwen.

Siwèl

18 jen

Dlo Kò w Bay Nanm Mwen Tanperans

Makòs: Woyyyy!!!

Jodi a mwen benyen ou ak mesaj.

Se dlo kò ou wi, ki mete tanperans sou nanm mwen ak bonnanj mwen

Ala yon Siwèl ki dous.

Mwen gen pou mwen souse li *à l'extrème pointe de ces belles collines qui protègent ta poitrine*[2], Siwèl kreyòl, cheri mwen.

---

[2] *à l'extrème pointe de ces belles collines qui protègent ta poitrin*- Nan pwent bèl mòn sa yo ki ap proteje pwatrin ou an.

Peu importe qui frappe à la porte[3] Makòs oubyen navigatè a ki sou bato nou an, mwen damou, ou dous cheri.

Men bann ap pase - malgre nou pa nan epòk kanaval.

Kite lespri ou bay kò mwen bann.

Se bann nan, menmsi li apye, mezi vitalite li, ou va santi ki ap flote monte desann nan mitan lakou a ak tanbou, vaksin, siflè, tchatcha, bandjo, ala gou!

Mwen ap telegide ou dousè mwen vle ou santi toupatou nan kò ou la ak mesaj telepatik bann nan.

Ala yon bèl chantye nou louvri la a, Siwèl cheri.

Makòs: Kote ou te ye?

Kouman fè se kounye a, nou rive konekte an dousè ak dwèt mwen sou ekran an? Si mwen

---

[3] *Peu importe qui frappe à la porte*-kèlkeswa moun ki ap frape nan pòt la

ta rive kontre ak kè militon ou lan cheri, mwen ta fè yo danse tout kalite dans jouk ou ta rive jwenn yon lòt nivo nan katèl fanm ou arebò kè Bondye, ki mete plezi pou juisans lèzòm.

Siwèl: Yè swa, ou fè mwen monte nan syèl yon yanvalou banda. Se manifestasyon lespri pa nou nan mitan pli woulawoup nou yo.

Makòs: Se Granmèt la ki ban nou sèvo ki ap kòmande tout sous juisans nou yo. Se noumenm ki pou sèvi ak yo tanzantan san eksè pou nou amonize juisans ak travay epi avansman sosyete nou an.

Ban mwen zèl ou Siwèl, pou mwen vole.

Siwèl: Mwen sonje w epi anndan mwen pran souke. Mèsi pou dousè ou te telegide mwen an. Wi! Jou 16 jen an ap toujou fèt Siwèl ak Makòs.

Makòs: Mwen kontan ou te kontan.

Kè kontan se rasin plezi viv.

Plezi viv la cheri, se nou ki dwe kontwole li tankou yon sous nou ap bay chemen nan mitan jaden plezi nou. Se kon sa, kè kontan nou pral konsève frechè lanmou nou ap viv ansanm lan.

Viv lanmou!

Viv Siwèl! Viv Kreyòl!

Viv Makòs, ladouskivyen!

ALA BÈL SA BÈL LÈ SE LANMOU KI AP KÒMANDE.

19 jen

Maren An, Anvi w

Mwen pase yon jounen avèk nanm mwen ap flote nan mitan bèl nwaj woz. Cham pawòl ou yo Siwel cheri, rive nan lespri mwen tankou yon senti sovtaj nan yon moman, kote monotoni lavi a pran kò mwen, chèmèt, chèmètrès.

Men, vin gen yon moman, san nou pa atann, kè nou, kwake nou adistans, te ap konekte nan mitan yon bèl amoni. Te gen yon prezans endezirab ki vin entenwonp konvèsasyon nou. Sa te fè mwen lapenn.

Pou mwen, aparisyon britsoukou sa a, se tankou yon pikan nou pa te atann ki te nan tij bèl bouton woz, ki te ap louvri tou dousman nan mitan konvèsasyon entim nou an. Yon konfidans sou yon tranch lavi ou, ou te vle pataje ak Makòs, maren an, ki vle pran men ou mennen ou sou pon konfyans.

Se ansanm wi, nou te kòmanse ap rale premye pa nou nan chemen jennen lakonfyans. Se yon wout mwen ka pa janm jwenn chans rive fè yon lòt fwa, men entansyon mwen, se retire ladan tout move zèb ki kab jennen devlopman semans lanmou mwen ap plante ladan an. Mwen senpman vle ou ban mwen okazyon pou mwen itilize bon jan sèpèt, ak wou, men yo tout se pawòl mwen, ou ap kite rantre byen fon anndan ou. Se yon pawòl liberasyon ki ap gen pouvwa pou li rive jwenn ou, malgre distans lan, san li pa anvlimen yon plè ki sanble geri. Men, ofon, maleng lan byen vif.

Pandan mwen ap sonje sitiyasyon yèswa a, mwen vin konnen ki prekosyon pou mwen pran, epi evite tout pikan ki ta vle sanble ak pikan nou kontre sou wout nou yèswa a. Men, tanzantan, ka gen kèk eklis sou wout nou pandan vwayaj nou fenk kòmanse ansanm lan.

 Siwèl, cheri mwen, si ou vle, nou pral fè sa nou kapab pou nou kontinye viv avèk pikan sa yo, ki ap toujou prezan nan anviwonnman womantik nou an. Sèl sa mwen ap mande ou, cheri, se aksepte kondisyon nou gen devan nou yo: distans ki separe nou an, epi prezans ou ki manke mwen.... Cheri, se konfyans mwen genyen nan ou a, ki ap pale avèk ou ak tout franchiz li, sou pon batiman nou an ki ap bay bann.

Mwen deja di ou mèsi, pou bèl konpreyansyon ou lan. Se senpman yon vag tou piti ki souke bato nou an. Kòm nou se maren, nou va rive travèse lanm lanmè sa a ansanm, cheri.

Makòs

Fedatifis ap Eksploze

Ou se yon bèl nègès byen potle. Ou mete luil nan mèch lanmou mwen. Li limen pou ou, cheri. Nou ka pa janm gen okazyon kontre. Men, plezi yonn mete nan kè lòt ap ede nou bati yon lavi adistans. Se yon eksperyans nou antame nan kè lamodènite.

Afòs nou viv ansanm, ou va aprann kite lespri w mennen w sou wout pawòl mwen, nan yon mouvman ale vini sou tèt kè militon an pou ou kab goute dousè yon vini entegral, nan mitan amoni yon òkès son afektif. Son sa yo va soti tankou yon plenyen anndan yon kouran sansasyon, ki ap pote sakad ni pou kò ou, ni pou kè militon an. Kalite sakad ritme sa yo ap toujou reponn prezan nan chanm memwa ou. Tout son sa yo, se pral siyalman sansyèl anndan yon fedatis plezi pou nou de, cheri.

Plis fedatifis yo ap eksploze, ak bèl ekla nan syèl lanmou nou, se pwofondè rasin fanm ou, ak vanyans amonik li, ki pral pran chante yon chante, kote se nou de a ki va sèl temwen basen plezi sa a.

Makòs

20 jen

Ou Se Sous Enspirasyon Mwen

Li fè 8è dimaten, nan lè pa mwen bò isit la. Mwen pa konnen domèn jewografi byen ase pou mwen ta rantre li nan seri panse pasyonèl nou ap bati sou wout lanmou nou an, men mwen kab di nan vire latè, lawouli li melanje jounen nou yo ak nuit nou, men nou toujou rete alaso lanmou.

Apre mwen fin li pawòl ou te kite pou mwen maten an, paske lanmou ap toujou egziste nan mitan flanm pawòl nou, mwen pran limen boukan ak tan an. Epi, se fedatifis pasyon ki ap monte byen wo nan syèl lanmou nou. Li ap monte avèk branch tout koulè. Yo pran tout kalite fòm desen fleri tankou branch vèvè lakansyèl lanmou nan jwèt marèl syèl kè nou.

Se oumenm wi, ki enspire mwen metafò syèl marèl la nan yonn nan mesaj ou yo. Ou pa dwe janm genyen okenn dout sou kapasite ou, Siwèl cheri mwen. Se kandi fòs ou ap kandi. Plis ou ekri, plis tan ap pase, plis laj monte nan bokal godrin lanmou nou, abilite ou pral pran metriz jouk mwen va dekore w renn lanmou. Nan moman sa a, ou va tounen mètrès kè mwen nan lavi lanmou adistans nou, lanmou sou *Zoom*.

Makòs

Yon Katafal Rèv

Si ou se Siwèl epi mwen se Dousmakòs, anplis de modpas nou yo: silans epi konfyans, nou va mete dousè, paske ou se tidous mwen tankou mwen se tidous ou.

Mwen ap gade foto a, cheri. Zye ou, fòm kou ou byen elanse. Tout se karakteristik ki demontre, mwen an prezans yon fanm ranpli ra gagann ak volonte an aksyon.

Plis mwen pran san mwen, kondisyonnen tèt mwen pou mwen admire foto a, se plis mwen wè devan je mwen yon fanm kreyòl nan mitan yon katafal rèv.

"Rêve mon amour, les rêveries font parties intégrantes de notre existence. Nos rêveries ont le pouvoir de nous accompagner dans le champ féérique de cette vie que nous devons transformer pour un bien être collectif[4]."

Makòs

---

[4]**Rêve mon amour, les rêveries font parties intégrantes de notre existence. Nos rêveries ont le pouvoir de nous accompagner dans le champ féérique de cette vie que nous devons transformer pour un bien être collectif**- *Reve cheri! Rèv yo mache men nan men avèk ekzistans nou. Rèv nou yo gen pouvwa akonpaye nou nan kè mèvèy lavi sila a pote pou nou yon fason pou nou transfòme li nan enterè tout moun*

21 jen

Chay Mèsi San Konte

Mewn voye flè sa yo pou ou. Se pa mwen ki plante yo, men yo koresponn ak santiman lanmou ki nan kè mwen pou ou.

Ou se rèn dyougans mwen, cheri. Ou genyen sekrè pou ou rajeni mwen. Se mèsi ase pou mwen di ou. Chay mèsi san konte. Se chay mèsi ase pou mwen voye pou ou Siwèl, cheri mwen.

Mwen ap kontinye "bat fè a pandan li cho."

Makòs

22 jen

Ou Pote Lanmou

Mwen apresye mesaj la. Mwen apresye flè yo. Mwen kontan yo, men mwen pa te kab di ou sa pi bonè, paske tankou mwen fenk sot di ou li la a, kò mwen pa te bon. Mèsi anpil dèske mwen nan panse ou. Mèsi pou tout sousi sa yo ou genyen pou mwen an. Mèsi anpil dèske kè ou ini ak kè pa mwen epi li ap temwaye afeksyon li pou li montre mwen fason ou renmen mwen. Mwen konnen ou renmen mwen. Pa gen dout nan sa. Sèl sa mwen ap mande, se depi ki lè lanmou sa a pran devlope? Malgre ou di mwen, mwen pa kab kwè. Pou mwen, se yon sezisman. Se yon etonnman.

Mèsi anpil anpil. Mèsi pou lanmou ou pote nan kè ou pou mwen. Mèsi pou lanmou ou. Mwen renmen ou tou, cheri.

Siwèl

23 jen

Lanmou Nou Natirèl

Ou ap poze tèt ou kesyon sou kilè lanmou sa a kòmanse? Cheri, lè de moun renmen se renmen yo remen. Genyenn vibrasyon, genyen santiman ki grandi apati yon seri fòs nou pote anndan nou, men nou pa konnen yo. Se senpman manifeste nou wè yo ap manifeste nan moman noumenm nou ap viv yo a. Pou mwen, se tout sa nou genyen kòm pwen komen. Se tout sa nou kab pataje ansanm ki ini nou. Mwen kab di, se koneksyon envizib nou genyen yo ki rele nou, rale nou, rapwoche nou epi mete nou ansanm. Kòm fòk te gen yon estimilis, yon katalizè, tout sa ou konnen ki mete nou ansanm yo vin tounen katalizè a. Anpil fwa, lanati pa dòmi nan ajisman li. Lanmou ki mete nou ansanm lan tèlman natirèl, nou pa konnen pouki, ni ki kote li soti. Nou senpman tonbe damou epi nou konekte, cheri.

Ou se yon bèl fanm. Gen anpil fanm ki bèl fanm, men se plis pase sa. Se sanzatann mèch lanmou nou pran limen. Èske se pawòl yonn ap ekri lòt? Èske se plezi ekri? Kèlkeswa kesyon nou kab poze a, kèlkeswa fason nou pran pou nou poze kesyon sa yo, genyen yon seri fòs ki ini nou epi amonize nou. Mwen ta kab rele vibrasyon.

Se pa kòmsi mwen pa te janm wè ou, se pa kòmsi mwen pa te janm gade ou. Men, nan moman rekile sa yo, se gade senpman mwen te kab gade ou. Rèv mwen te rete nan kè mwen. Se tankou pawòl la ki di: Sa ki nan kè yanm se kouto ki konnen li. Rèv chen rete nan kè chen.

Pou kounye a, sèl sa mwen kab di: Nou nan yon relasyon lanmou ansanm. Nou ap viv li ansanm epi mwen kontan. Mwen swete oumenm tou, ou kontàn. Se senpman mèsi mwen kab di ou. Mèsi pou jouvans ou pote pou mwen an. Mèsi pou fòs ou pote nan konsolidasyon plezi viv mwen nan chan lanmou nou, epi mwen renmen sa. Senpman, yonn renmen lòt se lanmou ki ap kòmande.

Makòs

24 jen

Lanmou Nou Se Pou Nou

Ou antre nan lavi mwen tou dousman, san frape. Se sanzatann nou tou de pran louvri pòt pou yonn kite lòt antre natirèlman san kè kase ni ezitasyon. Nou senpman wè nou ap mache ansanm epi nou monte abò avèk bokit nou, kòd pit nou tou nèf pou nou plonje li nan fondas lavi nou epi tire dlo, bon jan dlo pou nou de. Nou pa egoyis non, men lanmou nou pote nan kè nou an, se pou nou de a sèlgrenn. Depi nou fin monte abò a, nou pran monte vwal bato nou an ansanm pou nou chèche direksyon van an. Epi, se wè nou wè nou anbake nan yon vwayaj plezi ade. Nou pa bliye anyen, ni tou nou pa dwe bliye anyen.

Sepandan, sa ki konte, se tan nou kreye pou pwòp tèt nou nan mitan souf womans nou.

Amoni, ki limen nan mitan nou an, cheri, pa gen sekrè ni baryè. Se vwayaje nou ap vwayaje. Nou se pwason kraze nan bouyon. Nou ap melanje pasyon nan kui tandrès nou brase ak tout kalite epis dous epi koule li nan paswa lavi nou pou nou bwè yon bon ji lanmou tou fre.

Gwo Bo!

Makòs

25 jen

Kenbe Mwen Cheri

Dousmakòs mwen, ban mwen fòs souple! Mwen bezwen fòs ou pou ou ede mwen. Mwen bezwen fòs ou pou mwen kab kontinye chemen an. Mwen bezwen fòs ou pou mwen pa tonbe nan wout. Wout nou anbake ladan an, cheri, chaje ak gwo wòch. Se galèt! Bèl galèt. Yo parèt sou mwen britsoukou. Mwen pa konnen ki kote yo soti. Mwen pa konnen si yo te nan dlo a epi mwen pa te wè yo, men gen anpil wòch. Si ou kenbe men mwen, mwen ap rive epi mwen va rive lwen. Si ou kenbe men mwen, mwen kab kapote, men mwen va rive jwenn yon kote pou mwen apiye jouk mwen rive nan pò a. Tanpri Dousmakòs mwen! Kenbe mwen, pa lage mwen.

Siwèl

Kore Mwen ak Vanyans Ou

Mwen jwenn mesaj ou, cheri. Mwen avèk ou! Mwen avèk ou san pou san. Lespri mwen avèk lespri ou ape lemante yonn lòt. Maten an mwen leve, pandan mwen fin benyen, mwen di nan kè mwen, mwen genyen lajan, menm si mwen pa rich. Mwen genyen kay pou mwen rete, men se poko sa. Mwen bezwen yon baton dyougans pou mwen anbeli lavi mwen. Mwen santi mwen bezwen yon fòs vanyans ki pou toujou ap kore mwen, tankou oumenm ou fenk mande mwen pou mwen kore ou. Se kòmsi, lespri nou ap kominike yonn ak lòt. Menm moman an, mwen wè yon baton ki genyen yon tèt rekoube pou mwen apiye. Ou pase nan lespri mwen epi mwen pran fè yon lyen avèk baton an nan yon sans espirityèl. Menm moman an, mwen teke fren mwen, paske mwen sonje nou te pran desizyon pou nou mete monn espirityèl la sou poz nan vwayaj nou ap fè ansanm lan. Sepandan, mwen dwe fè ou remake, menm adistans, nou sou wout la ansanm, paske nou genyen vibrasyon kosmik ki ap mete nou opa ansanm. Ki fòs sa a ki ap rale nou ansanm lan? Ki fòs sa a ki ap makonnen nou asnam lan? Ki fòs sa a, ki pran men ou, mete nan men pa mwen epi ki mete men mwen nan men pa ou? Nou pa konnen. Men, nou ansanm, cheri. Nou ap kontinye wout la. Yonn ap soutni lòt pou nou kapab fè atansyon epi pou nou kontinye mache ansanm. Lavi a gen anpil toumant, lavi a gen anpil kè sote, epi chak fwa nou jwenn yon kote pou nou depoze lespri nou, depi nou jwenn yon moun ki sou menm nivo vibrasyon avèk nou epi ki kab pran tan pou li ban nou tan epi pou nou kite pawòl nou pran van, se fòs nou ap jwenn. Se kouray nou ap jwenn pou nou kontinye wout la ansanm ansanm tankou nou ap rapousuiv li jounen jodi a.

Mwen renmen ou, cheri. Mwen pote tout fòs mwen ba ou. Mwen lote li nan pye ou. Ou va ranmase li epi monte avèk li, monte li byen wo pou li paweze nan syèl nou, tankou nou nan jwèt marèl lanmou.

Gwo Bo, Siwèl mwen.

Makòs

1 jiyè

Eksperyans Nou ap Demonte
Move Mantalite
Konvèsasyon Manchlong

Makòs: Maten an, mwen tande mesaj rapid rapid, trapde, kote ou pale de pase karyè. Sa moun yo rele pase oubyen fè karyè a ta dwe pase tankou yon akimilasyon eksperyans santimantal.

Plis gen eksperyans, se plis aplikasyon nosyon nou aprann yo ap fasilite lavi nou pi devan. Kidonk, pou mwen, se vivasyon nou, nou ap layite. Se vivasyon nou ki ap agrandi, se plis asiz nou ap pran.

Chak eksperyans nou fè, se bato lavi a ki ap chire dlo epi ki ap demonte mantalite sosyal ki te monte dwategòch yo, kote gason yo genyen plis pouvwa sosyalman pase fanm yo. Se yon mantalite anpil gwoup sosyal ap rele chalbari dèyè li jounen jodi a.

Byennèt nou kòm moun, se sèl bousòl ki dwe gide konpòtman nou. Si nou byen nan aksyon nou yo, si nou rive viv aksyon nou yo opwèlyèm plezi nou, si nou kontan, nou ka konsidere tout rès refleksyon ki ale nan sans kontrè aksyon nou yo tankou pale anpil.

Siwèl: Se kalite pawòl ou sot di la yo, ki pou ede libere fanm ki ap koupi anba opresyon sosyal depi twò lontan. Se yon seri kondisyon, fanm yo, yomenm menm kontinye ap ranfòse nan aksyon yo, nan fason panse yo, ansanm ak fason yo viv epi fason yo wè lavi a.

Se kalite sosyete sa a, nou bay tèt nou defi pou nou demonte, cheri. Nou vle remonte li nan sans yon byennsite kolektif, yon byennsite pliryèl, yon byennsite alamòd tan chanjman epi liberasyon seksyèl nou ap viv jounen jodi a.

Makòs: Rive yon moman, nou dwe pran tan nou, chita epi felisite tèt nou pou fason nou ap chanje pwòp tèt nou epi kreye yon modèl konpòtman pou lèzòt yo suiv. Sa ki rete klè, chanjman nou ap viv yo pa dwe sèvi yon nuizans, ni yon deranjman pou pèsonn. Libète nou, pawòl la di, rete sou liy, kote libète lòt moun yo kòmanse. Wi! Nou dwe aji san nou pa nui lòt moun. Okontrè, chak tranch kè kontan yonn pataje ak lòt nan fason pa nou, nan mitan kondisyon nou respekte ant noumenm, se plimo nou yo, nou ap itilize pou nou mete kouch santi bon sou sila yo ki nan antouray nou, epitou, ranfòse kò ki nan kondisyon delala, kò ki ap deperi anba monotoni.

Chak plezi yonn pote pou lòt pral miltipliye, paske li pral rebondi, fè resò pou li al pote lagete pou lèzòt yo ki alantou nou yo. Sa ou pote pou mwen, Siwèl mwen, sa mwen rapòte ou nan relasyon nou an, se limyè pou nou dekore tout moun ki alantou nou. Lè relasyon nou abiye pasyon mwen, li abiye tout moun ki nan kò kay mwen epi vise-vèsa.

Gwo Bo!

Siwèl: Nou dwe aprann divès fason pou nou egziste nan amoni yonn ak lòt, yonn pou lòt, yonn nan lòt epi koupe sosyete a koutje, pandan nou konnen gen yon limit nou pa dwe janm depase, paske nou pral dezamonize, dezakòde pwòp tèt ansanm nou ak sila yo ki nan anviwonnman nou yo.

Lè nou rive rekonèt epi respekte limit nou yo, nou kab di nou granmoun nan tout kò nou. Kidonk, granmoun vle di eksperyans nan sans global mo a.

Alaverite, entansyon nou, se pa deranje pyès moun, men se depreferans amonize nou ak tout moun nou kapab nan vantrès silans nou, ki dwe byen chita sou yon bèl fondasyon konfyans resipwòk.

2 jiyè

Flè Yo Kouwonnen Lanmou Nou.

Depi yè, mwen pa sispann bo ou. Maten an ankò, mwen kontinye ap bo ou nan tout kò ou, cheri. Mwen souse Siwèl mwen an jouk nan tikè militon an, epi mwen di nan kè mwen: Si yon jou! "Si yon jou kò mwen avèk ou ta fè yon dyagonal yonn pou lòt pandan yonn ap trase espas limyè ki ap klere plezi lòt, se tout zwazo sou latè ki ta pran chante pou nou.

Se tout flè ki ta amonize koulè yo pou yo kouwonnen lanmou nou. Se tout bato ki ta gonfle vwal yo pou yo vwayaje avèk nou.

Wi! Si yon jou. Senpman, si yon jou, espas nou ta rive fè yon sèl sou tè nou ap dekore nan kè nou an, ala yon bèl chato lanmou nou ta bati ansanm Tidous mwen."

Sèl sa mwen di: Si yon jou...

Gwo Bo!

Makòs

5 jiyè
Mwen Fremi

Siwèl: Mwen fremi devan atizay sa a. Rete? Anmweyy? Gade yon kout plim! Ki moun ou ye? Ki kote ou soti?

Makòs: Atizay la soti nan sous imajinasyon ou ap ponpe anndan mwen. Li soti nan esans mo ou mete nan bokit nanm mwen an. Se oumenm wi ki lemante pawòl mwen. Se oumenm wi ki tanpe kreyativite mwen. Mwen soti nan rasin ou cheri, Tidous mwen an.

Bòn joune!

Siwèl: Apa w vle touye m cheri. Chak ekri w se yon bonm. M pa kapab.

Makòs: Mwen pa pe touye ou cheri. Se kontre pou nou kontre yon jou pou kò nou kapab kontinye pawòl nou yo nan mitan grap silans nou, ki se konfyans yonn fè lòt pou nou kontinye viv plezi nou an silans.

Gwo Bo!

10 jiyè

Tan An Ap File

Se Samedi. Mwen vle kite tan an kalewès. Ou ap travay. Men, je mwen klè depi katrè. Mwen pa te anvi ni li, ni ekri. Mwen te senpman vle kite tan an file nan ensousyans moman an, tankou yon majisyen ki konnen yon sekrè, li poko vle pataje avèk mwen. Tan an flote anndan yon van libète ki ap navige san li pa vrèman konnen ki kote li prale.

It feels good at times, honey, to lay back as if nothing else exits[5]. Epitou, pou nou kite lespri nou pwomennen nan mitan reyalite lavi lanmou nou sou *zoom*, kote se pawòl ak imaj ki ap jwe jwèt kay jouk yo mennen nou

---

[5]*It feels good at times, honey, to lay back as if nothing else exits*- Gen moman, lavi a bèl, cheri, lè nou bay kò nou fil mòl tankou anyen dòt pa egziste-

nan kay lanmou va kreye pou nou de a. Nou va dekore kay sila a nan fason pa nou pou nou rantre kè kontan an dantèl bwode ak plezi longè anvi nou.

Li poko fin jou klè, Siwèl. Se kouran dè chanm lan, ki ap banbile pou kont li, epi mwen kite li flote nan mitan pwòp ensousyans pa li, pandan mwen ap rememore pawòl powèt la, mwen t ap fofile nan zòrèy ou ak kadans vwa mwen, yon fason pou mwen te reveye plezi ou, menm si mwen pa te tou pre ou pou chalè kò mwen te rale ou, rantre ou anba vant mwen, epi kreye yon moman tandrès pou nou de a nan zile pasyon nou.

Moman sa yo, siwèl, pa pe kab rive souvan, men chak fwa yo fè ladesant nan mitan nou, se sous juisans nou ki va fofile nan mitan jaden lanmou nou pou li wouze, amonize womans nou ki, jou apre jou, ap grandi pi bèl nan chan panse nou.

Makòs

15 jiyè

Dousè Echanj Kè Pou Kè

Maten an, Dousmakòs cheri, pale mwen avèk ou pote yon kalm sanzatann pou Siwèl ou. Ou pote souplès. Ou montre mwen dousè ki genyen nan echanj kè pou kè epi nanm ak nanm tankou se tout noumenm ki bay lebra pou nou avanse ak yon fòs de pou yonn epi yonn pou lòt menm si nou pa yonn nan lòt.

Yo toujou di, fi genyen nè. Alaverite, nè a se tout tan yo poko rive jwenn yon moun ki pou donte yo. Maten an cheri, ou donte mwen. Ou donte mwen avèk langaj ou. Ou donte tout anndan mwen. Ou mete souplès. Epi, se souplès ou pote a ki monte mwen, pou mwen rive konprann nan lavi genyen aksyon ekstrèm. Men, konsa tou, genyen yon balanse yaya ki kab mennen ekilib nan pawòl nou, nan aksyon nou ansanm ak nan relasyon nou yonn ak lòt.

Mwen sou dlo. Mwen ap gade vag yo. Yo genyen divès koulè. Men, plis mwen ap pwoche yo, se koulè vèt ak koulè mawon ki ap amonize ton yo tankou yon bèl jennfanm ki abiye pou li resevwa mennaj li. Mwen se lanmè a, cheri. Ou se divès koulè li yo. Nou la yonn pou lòt annatandan nou vin yonn nan lòt jan nou toujou ap di li a. Wi cheri ou donte mwen.

Mwen voye mesaj pou ou wi, men se kè mwen ki ap pote li jouk li rive nan pa pòt kè pa ou. Se lanmè a ak divès kouran li yo, vètikal oswa orizontal, ki anvayi li, ba li nanm epi transfòme li yon fason pou li rive franchi tout kalite barikad ki ta vle rete li sou wout. Depi li rive jwenn ou, ou va konnen se mwen ki rive. Li pa pe bezwen sonnen, kònen lanbi, ni karyonnen. Kèlkeswa kote ou ye a, tikè militon an va jwenn ou epi li va fè ou santi sekous li. Depi sansasyon sa a rive anvayi ou, ou va konnen se Siwèl ou a ki la epi ou va vini ak sakad pandan kap ou ap monte anba men mwen avèk pawòl nou sou *zoom* . Ou va leve, detire, epi lespri nou va fè loupin yonn pou lòt jouk nou rive ozanana. Nan moman sa a, Dousmakòs avèk Siwèl va makonnen ansanm, ou va bege nan mitan yon dousè amonik, kote se nou de a ki va rive dekode langaj kò nou, paske nou ap rantre nan yon lanmou san limit, epi tout baryè va kouche plat atè, kòmsi fontyè distans lan kreye a pa te janm egziste, cheri. Se lanmou sou *zoom* wi, ki dwe mache touche tè, rantre nan tout riyèl pasyon nou epi nou va repran lanmè pou nou. Jou sa a, nou pa pe gen kontrent tan. Ni tou pa pe gen pyès moun ki pou di nou otan. Se noumenm sèl grenn lan ki va konnen kote nou vle ale. Lè nou rive, kote nou dwe rive a, nou va lage lank. Nou va fè tout sa nou genyen pou nou fè. Epi, lanmou va monte apik. Lanmou va monte an flèch pou li voye nouvèl nou toupatou sou latè.

Mwen anvi ou, cheri. Mwen konnen ak silans epi konfyans, yon jou kou jodi a, jou pa nou an va rive. Jou sa a...!! Houn!!

Siwèl cheri ou, ki damou ou nan tout kwen nan kò li!

Ou donte mwen, cheri

Siwèl

19 jiyè
Yon Jou Tèt Anba

Jodi a se yon jou tèt anba. Yon jounen ki aprann mwen, nan kèlkeswa espas, noumenm moun nou twouve nou, ka toujou gen lesefrape nan relasyon nou epitou se nan kèlkeswa nivo a, santimantal kou nan zanmitay. Se paske relasyon moun ak moun se pa janm yon relasyon ki kab senpman siwomyèl. Li mache ak vinèg. Li mache ak fyèl. Kit nou sou bato, nan lespas, sou latè fèm, ap toujou genyen yon malè pandye nou pa pe janm kab evite. Malè pandye sa yo pran rasin nan absans konfyans, nan mitan anbisyon pouvwa, nan laperèz. Oubyen tou, nan toke kòn, paske yonn bezwen konn longè lòt. Se tankou nou ap sonde pou nou konnen jouk nan ki pwofondè pye nou kab rive san nou pa koule.

Maten an, cheri, nou te leve sou move pye nou. Nou te pran monte lesyèl pado. Se pa vrèman, ki moun ki te gen tò oubyen ki moun ki te gen rezon, men se relasyon nou toutantye ki te tranble.

Nan pale ou, mwen te santi perèz, mwen te santi regrè, mwen te santi yon dout ki ekri avèk yon "d" majiskil nan fon lespri ou, epi ou pran tranble. Se latranblad sa a, ki mennen ou sou pant retorik nan sans *panse kritik* ou te tanmenn pataje ak mwen an. Men, nou deja fin travèse pon an, cheri. Chwal la deja fin pase. Nou pa gen rezon pou nou pran rele fèmen baryè.

Lanmou se yon santiman ki egziste nan fon nannan nou. Nou kab deplase, chanje katye, chanje vil, nou ka menm chanje peyi, si nou vle. Li ap toujou la pou li rapousuiv nou, paske pyès moun pa kab vrèman viv pou kont li. Rive yon moman, lanmou, ki se esans noumenm lèzòm, ap toujou ratrape nou. Konsa, jounen jodi a, lanmou rasanble nou sou *zoom*. Epi, se nan kondisyon sa a tou, cheri, pou mwen ba ou yon zèpòl, yon karès, yon pawòl tandrès ak tout kè mwen, paske se sèl lanmou ki kab geri lapenn lanmou kreye.

Kondi chante *Bill Withers* la, *"You may lean on me honey, when you are feeling weak.*[6]*"* Mwen ap toujou la pou ou. Lè mwen kare zèpòl mwen, louvri bra mwen adistans pou mwen kite ou layite, se retay lanmou yo, mwen ap ede ou koud ak fil prezans mwen. Se moso zenglen lanmou yo, ki te epapiye pasi pala sou tout makadam lan, mwen ap ede ou kole ak lakòl fòt.

Nou sou pwòp bato nou, nou ap eksperimante plezi, men pafwa, se pikan lavi yo ki rafle kè nou.

---

[6] ***You may lean on me honey, when you are feeling weak-*** Cheri, ou mèt apiye sou mwen lè w santi w fèb.

Chak fwa nou pran nan tònad toumant, nou dwe genyen prezans lespri pou nou kanpe, boukante lide alantou ganmèl senserite, ki rasanble nou an, epi pou nou chèche solisyon ansanm, cheri. Se kalite tèt ansanm sa a, ki va ban nou fòs pou nou monte drapo laverite epi kite li flote nan kè diyite nou sou bato lanmou nou an, epi pou nou rapousuiv chemen nou ak ram tou nèf.

Chak fwa move tan bare nou, nou va rale kat senserite nou, kat franchiz nou epi nou va mete yo sou tab relasyon nou, yon fason pou nou kontinye grandi ansanm nan mitan divès toumant nou yo; epi pou nou di, lanmè a bèl, annou kontinye vwayaj la ak lanmou nou kòm prensipal bousòl nan mitan fòs lapawòl, ki se prensipal mwayen, noumenm moun, nou genyen pou nou pote solisyon nan mitan latwoublay, ki limenm tou, pran rasin li nan kè egzistans nou.

Jodi a, se te yon jounen tanpèt. *J'espère qu'après la tempête viendra le beau temps, car dans un de tes messages, tu avais écrit: que je suis le calme entre la tempête et le beau temps.*[7]

Gwo Bo.

Makòs

---

[7] ***J'espère qu'après la tempête viendra le beau temps, car dans un de tes messages, tu avais écrit: que je suis le calme entre la tempête et le beau temps****-Mwen swete apre tanpèt la se va bon tan an, paske nan yonn nan mesaj ou yo, ou te ekri: mwen se akalmi ki nan mitan tanpèt anvan bon tan an.*

21 jiyè

Mwen Pa Gen Pàn Zanmi

Ou mèt fache ou mèt ponpe. M paka di tèt mwen ki lè pou m rele w. M te panse de moun ki renmen yonn lòt pa ka gen lè, pa gen dat pou yo pale oswa pou yonn tande vwa lòt.

Mwen pa gen pàn zanmi, ni pàn moun ki pou pale avèk mwen nan peyi a. Solitid mwen soti senpman nan yon vid mwen genyen epi se natifnatal mwen vle ki pou konble vid sila a. Se yon onè e favè m fè w, m chwazi apiye sou ou.

Yon lòt fwa ankò, moun ki renmen w pa gen bòn. Li pa gen limit. Telefòn ou ka sonnen nenpòt lè. M ka anvi tande w nenpòt lè. Ou vle m fache pa vre? Ou ta renmen m fache? Ok!

M pa te konnen nan lanmou gen sekretè ki pou resevwa mesaj tou. Fò m sonje uit è pa rele. Dizè rele. Lendi pa rele. Mèkredi rele. Mwen pa konprann!

Ou pa wè gen de lè w ap chache mwen epi ou pa jwenn mwen? Se paske mwen okipe. Men tou, lè moman lib la rive, m profite.

Siwèl

22 jiyè

Mwen Respekte Atant Ou

Makòs: Mwen byen kontan ou reponn mwen. Mèsi tou pou onè ou fè mwen an. Non, cheri, mwen pa vle ou fache, ni tou mwen pa ta renmen ou fache. Mwen akonpaye ou tankou oumenm tou ou ap akonpaye mwen.

Li rete klè ou ka rele nenpòt lè, men ou dwe atann ou tou mwen pa pe toujou disponib nan lè ou rele a.

Si nou antann nou sou pwen sa a, nou ap kontinye navige ansanm, paske se de bon ki fè bonbon.

It should not be your way nor my way or the highway, no it should not be that way. It should be our way.[8]

It takes two to tango, honey.[9]

Mèsi dèske ou chwazi mwen malgre distans ki separe nou an. Mwen vle rete alawotè atant ou, men apati antant nou ansanm pou yonn rive konble lavi lòt nan yon balans mantal an aksyon.

Sonje, ni mwen ni ou, nou rekonèt gen yon liy nou pa kab travèse. Se liy sa a nou ap trase ansanm nan respè yonn pou lòt.

Nan lanmou gen foli, men tout foli nou yo dwe fèt anndan yon sèk rezonab. Otreman, nou pral rantre nan derezon epi nou pral komèt dega ki kab ireparab.

---

[8] ***It should not be your way nor my way or the highway, no it should not be that way. It should be our way-*** Li pa sipoze pou se pawòl pa ou ase ki konte. Sa pa dwe konsa. Non! Sa pa dwe konsa. Se pawòl nou tou de ansanm ki pou konte.
[9] ***It takes two to tango, honey-*** Se de bon ki fè bonbon, cheri.

Se yonn ki pou kontinye ede lòt rete nan limit sanite yo avèk elegans epi anpil lanmou. Mwen renmen ou, cheri.

Mèsi dèske ou fè mwen onè chwazi mwen.

Mwen vle kontinye akonpaye ou sou wout nou ap bati ansanm lan. Se boulva lanmou sou *Zoom*.

Siwèl: Mwen blese w, *I am sorry*[10]! Se pa favè mwen fè w. Se yon chwa nou tou de fè. Mwen te fache. Mo yo pa sonnen byen.

Makòs: Nou ap aprann ansanm.

Yonn ap kontinye chèche konnen lòt. Nou ap kontinye fè erè ansanm, jouk nou rive jwenn ekilib nou sou wout lanmou adistans.

You are very demanding as you know[11]. Si ou aprann konnen nan ki moman pou ou teke fren ou epi nan ki moman pou ou peze sou gaz la, nou ap kontinye woule jouk kò

---

[10] ***I an Sorry***-*Ou va eskize mwen*
[11] ***You are very demanding as you know***-*Tankou ou konnen li, ou egzijan anpil.*

nou va tyoule ansanm pandan nou nan distans sibè espas la.

 Nan lanmou adistans si nou konnen bon moman yo, si nou planifye yo ansanm nou va evite fristrasyon epi nou ap toujou nan kè kontan.

Se pa sekretarya se planifye plezi ak juisans.

3 out

Lanmou Nou La Pi Dyanm

Mwen pa kab tande mesaj la kounye a. Se vre ou ban m pouvwa e otorite pou m apiye sou ou lè mwen santi fòs mwen ale; konsa tou ou ban mwen asirans fòs ou ap toujou la tankou pye bannann gòsbòt apre yon gwo ouragan.

Van te mèt vante

Lapli te mèt tonbe

Loraj te mèt ap gwonde

Zèklè te mèt ap zigzage tankou jenn ti belye

Rivyè, lanmè, kanal, sous yo, yo tout ansanm te mèt plen ap debòde

Kè m pa pe sote

Anyen pa deranje

Lanmou nou la pi dyanm

Mwen kontan.

Siwèl

4 out

Lanmou Nou Se Yon Leson

Mwen tande mesaj ou a, men maten an mesaj la yon ti jan manke gou. Sa te vin nan tèt mwen pou mwen kouri voye yon mesaj pou ou tousuit, san mwen pa rete tann. Se konsa lanmou ye, depi yo pa wouze li, li pa pe grandi. Li gen pou li kòmanse ap fennen. Mwen santi pawòl yo ap fennen. Mwen pa konnen si se okipe ou okipe. Mwen ta renmen ou se premye moun ki pou ap lage dlo sou plant lan. Ou kab lage dlo sous, dlo tiyo, kèlkeswa dlo a, se pou dlo a rive nouri rasin plant lan pou rasin li grandi epi pou plant lan pouse fui. Pawòl nou, langaj nou, se yomenm ki fui nou. Fason nou mare mo yo, fason yonn panse ak lòt se yomenm ki fui nou. Lè konsa, nou kab remake lanmou ki ap monte an flèch. Mwen toujou renmen ou. Mwen gade foto mwen te fè jou nou te premye kontre a, epi mwen di nan kè mwen, èske se depi jou sa a Dousmakòs te gen je sou mwen?

Mwen pa janm bliye ou, cheri. Ou toujou nan panse mwen, ou toujou nan kè mwen, ou toujou nan lespri mwen. Lè bagay yo vle pase mal pandan mwen ap travay mwen sonje ou, mwen bese vwa mwen epi tout sa ki te bouyi vin frèt. Yo tounen nan plas yo.

Mwen te pase yon bèl jounen. Mwen pa vle itilize mo negatif, paske tout sa ki ap rive nou nan sekans lanmou nou an se yon leson, yon etap nan lavi. Mwen dwe aprann leson yo epi fè yo tounen yon bèl sipò nan lavi mwen pou mwen pare move tan. Pou mwen soulaje vant kòde, ede yon fanmi, yon zanmi eksetera. Se yon fason pou mwenmenm tou, vini yon zèpòl pou lòt moun ki alantou mwen. Pafwa, nou nan sitiyasyon kote nou ap plenyen pou koze ki senp, ki kab rezoud trapde. Poutan, genyen lòt moun ki nan pi move kondisyon pase nou. Mwen aprann pou mwen pasyan, pou mwen renmen lòt moun epi pou mwen konte senpman jou mwen gen devan mwen an, jou ki leve a. Apresa, mwen aprann pou mwen apresye sa mwen genyen, pou mwen pa kite anyen toumante lespri mwen.

Mwen aprann lòm se yon antite ki sou latè. Men, se pase li ap pase. Li ranplasab. Si yon moun pa la jodi, gen yon lòt ki kab pran plas li demen. Lavi ap kontinye, pa gen anyen ki ap kanpe anba solèy ki nan syèl ble a. Nou dwe aprann konnen tèt nou epi ranmase tout sa lavi a mete sou wout nou. Epi se konsa, lavi a pral souri ban nou; epi noumenm tou, pou nou souri bay lavi. Yon fason pou nou pran li nan bra nou ak plezi viv.

Mwen kontan tout wout lavi a trase devan mwen. Mwen kontan tout wout mwen deja fè yo. Genyen anpil wout. Genyen ki ale dwat, genyen ki fè triyang, zigzag, lozanj; genyen se kastèt yo ye. Kèlkeswa fòm wout sa a vle pran an, mwen pa vle pou li ap vire tou won tankou sèk ki ap vire anplas san li pa franchi okenn chemen nouvo. Nou dwe jwenn wout pou nou soti nan yon koneksyon epi ale nan yon lòt koneksyon.

Mwen gen lafwa, cheri. Mwen pa janm dekouraje. Menm lè dekourajman vle franchi pòt kay mwen, mwen manbre panse mwen pou mwen jwenn plis fòs, ki kab pèmèt mwen ale pi lwen, chak jou pi plis. Lavi a se kon sa li ye. Pandan souf la sou nou an, nou dwe fè tout sa nou kapab pou nou renmen lavi, epi pou nou kite egzanp nou nan moman nou pa pe la ankò. Konsa, moun va sonje nou pou yon aksyon nou te antreprann, pou yon pawòl nou te di, pou yon fason nou te aji, pou bon konpòtman nou te genyen. Se tout panse sa yo ki toujou ap pase nan lespri mwen, ki rann mwen pi saj, ki louvri konpreyansyon mwen epi ede mwen kontinye renmen moun ki alantou mwen. Mwen dwe devlope pasyans pou nou gade moun tankou moun san nou pa konte aparans yo oubyen jije yo sou aparans yo.

Mwen vle viv avèk anpil imilite.

Bòn joune, cheri!

Bizou! *Bye*

Siwèl

3 septanm

Lavi a Ka Dous

Mwen menm tou, mwen voye yon bèl chay mèsi pou Siwèl la.

Sa fè lontan wi Siwèl mwen, plezi pa goute sèl, Tidous cheri mwen.

Lavi a ka dous lè nou chèche dousè li.

Si gen move lide ki vle vin jwe nan jwèt nou, se pou nou chèche nan ki kwen mekontantman an kache pou nou netwaye li, lave li, foubi li, derasinen li, kwape li, cheri.

Se chèche nou vin chèche.

Nou pa genyen pou nou bay.

Move lide se pichon.

Nou pa dwe ba yo jwen

pou yo leve nan lakou nou.

Gwo Bo Siwèl damou mwen.

Mwen toujou renmen ou cheri

Mwen toujou renmen ou

Bon wikenn *mon amour*.

Ou se sous plezi

mwen sere byen

nan kalbas kè mwen.

Pwoteje kalbas la cheri.

Nou frajil, *mon amour*.

Mwen bo ou nan tout kò ou. Yon jou kou jodi a, nou va jwe marèl nan syèl kò nou pou nou chase move lide, cheri.

Mwen renmen ou.

Lanmou nou se fòs ki pou akonpaye nou nan moman nou ap travèse move tan.

Bon wikenn

Makòs

12 novanm

Pran Pasyans

Siwèl: Premye fwa nan vi m

Premye ane depi m gen konprann

Premye ane depi m aksepte

pou m te selebre fèt mwen pou kont mwen

Mwen te kòmande yon gato

Mwen te deside kite travay bonè

Pandan chofè a rive

Se konsa yon mesaj parèt

E se mwen ki te anchaj pwogram wikenn lan

Li te 12:30 AM nan demen maten

Lè mwen te resi chante *Happy Birthday*

Epi koupe gato.

Mwen te tande mesaj vokal

Ou te voye nan *Whatsapp*.

Pran yon ti pasyans

Makòs *mon amour*

pou mwen reponn ou.

Makòs: *Hier soir, tu t'es rendormie sur mes épaules douce tendresse. Je t'aime, chérie.*[12]

---

[12] ***Hier soir, tu t'es rendormie sur mes épaules douce tendresse. Je t'aime, chérie***-Yè swa ou te dòmi sou zèpòl mwen, Tidous. Mwen renmen ou, cheri.

13 novanm

Lapenn Ap Naje Anndan Mwen

Cheri, mwen pa konnen ki mo mwen ta kab itilize jounen jodi a pou mwen di ou mèsi.

Mèsi Makòs, cheri! Mèsi anpil!

Mwen te fè efò pou se mwen ki te premye ekri ou. Pou se mwen ki ta voye yon premye teksto pou ou maten an, men ou leve pi bonè pase mwen. Oubyen ankò, ou pran devan mwen.

Pou mwen di ou laverite, ayè, mwen pa konnen ki lè mwen te dòmi, men mwen konnen mwen te fatige nan lespri mwen. Mwen pa te fè okenn travay fizik, men lespri mwen te travay, epi li te bezwen repo.

Mèsi cheri! Mèsi, paske zèpòl ou te la pou mwen te apiye tèt mwen. Zèpòl ou te la pou mwen. Lè mwen bezwen dòmi, depi mwen rele ou, ou toujou prete mwen zèpòl ou pou mwen dòmi. Waaaou!! Sa se yon bèl filing. Ou ban mwen anvi, si mwen pa te gen entansyon marye, pou mwen ta kouri al chèche yon moun pou mwen marye. Si mwen pa te genyen yon moun nan lavi mwen pou mwen ta kouri al chèche yonn.

Kalite filing ou ban mwen an, cheri, pa ta dwe tanporè, ni sou *Zoom*. Se nan reyalite lavi a pou mwen te ap viv li. Sa lakòz yon tristès anvayi kè mwen.

Sè jou si, mwen gen yon tristès ki ap navige anndan mwen. Mwen tris anpil, anpil. Pa mande mwen pouki, men mwen senpman tris, cheri. Ou konprann!! Chak fwa tristès la frape pòt kè mwen, mwen chase li. Men, avantyè, mwen pa te kab reziste, chagren te louvri pòt kay mwen epi li te rantre. Li te enstale kò li jouk dlo te ponpe nan je mwen.

Mwen te toujou di tèt mwen, mwen pa pe kriye ankò, men reyalite lavi a genyen fason pa li pou li rantre anndan nou, boulvèse nou epi kontinye chemen li, tankou sezon ki ap chanje eta nanm nou.

Gen moman nan lavi a, kote yon pati nan noumenm febli, tankou se plis atansyon li bezwen. Se atansyon sa a ou toujou ban mwen epi mwen toujou viv chak jou pi plis.

Tristès ayè a konn rive deja, men mwen te toujou mare li, evite li, fè dodin pou mwen rebondi nan eta nòmal mwen, men ayè, li te rive mete do mwen atè epi mwen te aksepte kondisyon an, paske mwen konnen se pase li ap pase epi se pase pou li pase.

Mwen ap reprann mwen tou dousman. Men, mwen kontan cheri, ou viv dimansyon afektif sa a nan menm dimansyon avèk mwen. Ou pa pote jijman. Ou pa jije mwen pou konpòtman mwen. Se sa nou rele konfyans lan wi. Se manifestasyon li nou ap pataje ansanm maten an.

Ou di: "mwen *spoiled*[13] [tankou yo di li nan lang angle], men oumenm tou, ou gate mwen. Gatri mwen, gatri ou santi mwen ap depoze nan mitan relasyon nou an, se pa nan men fanmi mwen non, li soti. Okontrè, se moun ki renmen mwen yo ki gate mwen. Se yomenm ki modle lavi mwen nan moul afeksyon yo, ba li fòm ou ap jongle ak li a tankou majò jon karèm, nan mitan prentan. Men, oumenm tou, Makòs cheri, ou kontinye ap fòmate mwen nan fason pa ou, poutan nou konsanti tout limit ki egziste sou wout lanmou nou an, men, mwen poko kab konnen ki kote li prale ni ki kote li ap rive, men mwen rantre ladan li. Se bato nou, lavi nou cheri, annou kontinye navige ladan.

Bizou *mon amour*[14]*!!*
Love you to pieces![15]
I cannot wait, love you baby[16].
Siwèl

---

[13] **spoiled**-*mwen gate*
[14] **Mon Amour**-*Cheri mwen*
[15] **Love you to pieces**-Mwen renmen w anpil
[16] **I cannot wait, love you baby**- *Mwen paka tann, mwen renmen ou, cheri.*

14 novanm

Mwen Kontan ou Kontan

Mèsi cheri! Mèsi pou tout rekonesans, pou tout plezi ou pran nan tout sa mwen fè pou ou. Mèsi pou tout sa ou kontinye ap fè, mèsi pou tout sa ou vle fè nan jou ki ap vini yo, mwa ki nan wout yo epi ane yo ki ap mache pou yo rive sou nou.

Mwen kontan ou kontan. Mwen kontan ou konprann. Mwen kontan ou konprann fason nou ap aprannn viv ansanm.

Se oumenm ki pou pran men mwen

Se oumenm ki pou kenbe men mwen

Se oumenm ki pou mennen mwen

Se oumenm ki pou fè plezi nou ap viv la

Kontinye kenbe ekilib li

Nan mitan estabilite nou

San chanjman ni varyasyon

Nan bra ou

Mwen byen

Menm lè

Bra a adistans.

Nan bra ou

Mwen santi mwen viv

Menm lè

bra a adistans.

Nan bra ou

Mwen reve

Avèk ou

Nou reve ansnam

Annou kontinye reve, cheri. Lavi a se yon rèv. Lavi a se yon bèl rèv. Rèv sa a, pyès moun pa kab fè li pou kont li. Se yon rèv pou de moun.

Se rèv womans, se rèv lanmou. Se rèv yon bèl lanmou ki ap grandi.

Grandi san rete

Grandi tout longè

Grandi pou lavi

Nou ap grandi avèk sezon lanmou nou jouk tan nou pa la ankò. Se rèv sa a mwen fè.

Se «*voeux*» sa a mwen fè pou nou de a, paske mwen renmen ou, cheri.

Mwen renmen ou Siwèl! Siwèl mwen, AAAAy! Mwen renmen ou. Mwen renmen ou anpil.

Mèsi cheri pou tout tandrès ou.

Mèsi pou tout afeksyon. Epi wi! Mwen kab gate ou. Mwen ap kontinye gate ou, paske oumenm tou ou gate mwen. *It takes two to tango and we are doing the right thing.*[17]

Gwo Bo, cheri

Makòs

---

[17] ***It takes two to tango and we are doing the right thing-**Se de bon ki fè bonbon epi se sa mènm nou ap fè.*

15 novanm

Pouvwa a Nan Men Ou

Maten an cheri, mwen tande mesaj ou a. Mwen deja reponn ou. Men, tout mache mwen ap mache la a, se oumenm toujou ki nan lespri mwen. Se bèl pawòl senserite ou yo, tranch senserite sensè sa a, tranch verite sa a ki ap akonpaye mwen pandan tout mache mwen ap mache la a.

Tranch senserite sa a cheri

Pran mwen

Li voye mwen anlè

Li atrap mwen

Li balanse mwen. Li fè mwen balanse yaya, epi mwen tounen yoyo nan men Siwèl mwen, ki monte mwen, desann mwen, nan mitan plezi lanmou nou. Nou dodinen, ale vini. Se kap plezi nou ki ap pran van pou li fè nou gwonde pandan li ap pran fil mòl. Ah cheri, ala yon bèl tandrès nou ap trese epi se limenm tou ki kreye kòd senserite ou lonje ban mwen maten an.

Ala bèl pawòl, ou mennen sou tab nou, pou lanmou nou kontinye grandi. Aaah! Siwèl mwen, se sa ase mwen kab di. Rèv chen rete nan kè chen. Tout rèv mwen la. Yo kontinye grandi. Mwen ap lote yo nan pye ou. Se oumenm ki gen pouvwa pou ou mennen yo sou wout reyalite. Mwen sispann mande sa mwen pa dwe mande. Mwen sispann mande, menm lè mwen kontinye ap mande.

Mwen renmen ou cheri

Mwen se yoyo ou

Ou se plezi mwen

Mwen se plezi ou

Ou monte mwen

Ou desann

Epi se amoni nou

Ki ap konjige yon lanmou adistans,

Yon lanmou san parèy

Yon lanmou lakontantman

Nou anvi viv, cheri, menm si nou lwen, nou ap viv nan mitan lanmou nou. Lanmou se lavi. Annou viv lavi. Annou di: Viv lavi.

Makòs

Ou Se Sous Motivasyon Mwen

Makòs,

Mwen ap di ou pawòl sa yo ak tout kè mwen. Se tout anndan mwen ki ap pale avèk ou. Mwen vrèman genyen chans nan lavi mwen. Kèlkeswa sa ki rive mwen nan lavi mwen, mwen pa kab di se okenn moun ki fè sa. Mwen genyen tout nivo otonomi posib nan lavi mwen. Otonomi pou mwen pran desizyon mwen vle, elatriye. Sepandan, rive yon kote, mwen santi genyen yon kichòy ki manke mwen. Sa mwen manke a, se pa rad, se pa soulye, se pa manje, ni kote pou mwen dòmi. Men, mwen santi mwen manke yon bagay epi mwen pa kab di sa li ye. Epi se konsa, ou vin parèt nan vi mwen. Ou parèt nan yon moman, mwen pa te espere. Ou parèt nan lavi mwen sanzatann. Epi, parèt ou parèt la, ou pote yon chanjman nan lavi mwen. Chanjman sila a, menm mwenmenm, mwen pa te atann mwen ak sa. Yon chanjman ki pote trankilite, ki pote lapè, ak kè kontan. Sa vin lakòz, anpil don ki te kache nan lavi mwen vin retounen.

Mwen se yon moun ki renmen ekri anpil. Men, tout ekri mwen konn ekri yo, mwen pran yo epi mwen mete yo yon kote. Se tankou, mwen ta di, yon moun gen yon talan epi li lage li nan lanmè. Rive nan lanmè a, vag la pase, li pran li, li voye li nenpòt kote li vle. Ou voye talan sa a nan yon rivyè, se menm bagay la. Lè gwo van pase, li ale avèk wòch oubyen sab depandan, kote ou te lage talan an. Sepandan, si li te tonbe nan yon pisin, mwen ta kab di li byen, paske pisin lan se yon espas fèmen. Dlo a rete an plas.

Se kon sa, san bri ni kont, ou parèt epi ou pote yon lòt dimansyon nan lavi mwen. Sa ou ajoute a, mwen pa pe janm kab renmèt ou li. Se kòmsi mwen te genyen yon dyaman nan men mwen, epi mwen pa te konn enpòtans li ni nan ki fason pou mwen itilize li. Ou parèt epi ou reveye don an.

Lespri kreyativite a, mwen fèt avèk li, men mwen pa te konnen ki jan pou mwen sèvi ak li. Vwala, mwen vin kontre avèk ou, ki kole lespri pa ou avèk lespri pa mwen. Se tankou nou te deja ap viv kòm zanmi nan yon lòt mond epi nou vin rankontre nan mond fizik la.

Nou pa la pou nou deranje pyès moun sou wout yo. Nou nan bato a, nou ap navige. Nou nan bato a, nou ap kite vag la mennen nou. Maren an chèf la konnen ki kote bato a prale. Maren an chèf la konnen ki jan bato a ap franchi nan kè lanmè a. Nou nan yon kous, konpetisyon an, se avèk pwòp tèt nou, nou ap fè li. Nou nan yon kous nou ap navige ade. Nou ap kontinye pou nou wè jouk ki kote nou kab rive. Nou nan bato a, nou ap navige. Se vag yo ki ap mennen nou.

Mwen chaje ak talan, cheri. Imajinasyon mwen plen jouk li ap ranvèse. Sepandan, mwen leve nan yon sosyete, kote lè timoun ap demontre fòs imajinasyon li, yo di li twò granmoun pou laj li. Sa se yon defo. Se defo sa a, ki te anpeche mwen sèvi ak tout pisans kreyativite sa a epi dèvlope li tankou talan pèsònèl mwen.

Lavi a fè mwen yon kado. Nan kèlkeswa branch mwen ap fonksyone a, mwen toujou rive demontre fòs mwen. Se menm jan an tou pou lekriti. Mwen toujou ap ekri. Mwen toujou ap sere yo, paske mwen te konnen, yon jou kanmenm, mwen ap kab jwenn yon fason pou vwa mwen pran lari. Jounen jodi a, mwen jwenn sous motivasyon mwen. Se oumenm wi, Dousmakòs mwen. Ou kanpe dyanm ak mwen epi nou ap kole zèpòl. Epi ou ap ede mwen franchi divès etap mwen dwe franchi yo.

Mwen kite tèt mwen ale. Mwen ap naje nan men ou, menm jan ak yon pwason ki nan fon lanmè epi ki kite kouran an mennen li. Ou se lanmè a, mwen se pwason an. Mwen pran nan kouran ou, cheri. Mennen mwen ale.

Mwen nan batiman an, mwen konnen ou se maren an chèf la. Ou konnen ki jan pou pou ou mennen bato a. Lè batiman an pral fè nofraj ou va epànye li, si batiman an ta sou wout pral koule ou va chèche remokè pou remoke li. Konsa tou, lè batiman an rive nan pò kote li te gen pou li ale a, ou va mete mwen atè.

Lavi a gen anpil sipriz. Ou kab byen ak yon moun jodi a, epi demen li pran yon lòt wout. Si se pa te konsa, mwen ta chaje ak zanmi. Mwen toujou konnen yon sèl bagay. Mwen pa yon moun ki engra. Gen moun menm si mwen pa pale ak yo jodi a, mwen toujou genyen yo nan lespri mwen. Mwen toujou sonje sa moun fè pou mwen. Si sa ta rive, pou yon rezon oswa yon lòt, nou pa ta pale ankò, toujou sonje sa, Siwèl ap toujou sonje ou. Wi! Li ap toujou sonje ou. Li ap toujou rekonesan anvè oumenm.

Jodi a, mwen ap selebre yon rankont mwen fè. Yon rankont avèk yon moun ki vin ajoute plis konesans nan lavi pa mwen.

Dousmakòs vini, li pote frechè, li pote lawouze, li pote manje. Mwen, mwen la. Mwen ap beke. Tikal pa tikal, mwen ap beke tankou yon pijon yo lage mayi devan li epi li ap beke jouktan vant li rive plen epi li vole li ale. Mwen swete, lè mwen vole ale, mwen va retounen vin tonbe nan bra ou. Menm si mwen vole ankò, mwen va retounen vin plante sou pòtray ou, mwen va pran api sou zèpòl ou epi nou va vole pi wo ansanm. Se kon sa pou nou kontinye wout la.

Dousmakòs va kenbe men Siwèl epi Siwèl va kenbe men Dousmakòs pou yo kontinye vwayaje ansanm.

Mèsi cheri!

Siwèl ou a!

Koudèy Sou Silans Konfyans

Silans Konfyans se yon chantye tou nèf ki louvri sou teren literati kreyòl Ayiti a. Apati eksperyans epi obsèvasyon pèsonèl li, Sherley Louis chwazi fè yon men kontre avèk lektè li yo. Liv sila a, ki se *Jounal Entim* li, rantre danble sou teren modènite a. Sa parèt nan estil otè a, apati enfòmasyon ki ap sikile nan liv la, epitou nan fason otè a sèvi ak *zoom* kòm mwayen kominikasyon.

Nan *Silans Konfyans*, otè a pa gen entansyon chavire lòd sosyal jounen jodi a tèt anba. Men, li pwopoze pou nou revize tout sa ki kab pote divizyon, rabese moun, revòlte yo, oswa ki kab tounen yon baryè pou devlopman, reyònman epi byennèt moun. Sepandan, li klè, *Jounal Entim* sa a, anvan tout bagay, se yon veritab ochan pou lanmou nan tout senserite li, nan dousè lamoni, ansanm ak yon tandrès san limit. *Jounal Entim* sa a louvri sou yon lanmou ki mache an menm tan avèk lafratènite nan mitan tout moun. Globalman, èske yon moun pa ta kab di *Silans Konfyans*, se yon istwa ki louvri baryè moral? Yon moun kab li liv sa a avèk plezi epi anpil pasyon.

Hugues Lamour

Pwofesè Fransè

Silans konfyans se yon istwa lanmou espesyal nan yon epòk espesyal, ki fòse anmore yo viv lanmou yo adistans. Plis lektè a ap vanse nan kè istwa a, se plis li ap dekouvri fòs epi anpriz santiman ki rele lanmou an genyen sou de moun yo. Yo nan mitan yon distans enfini. Poutan, yo fè lanmou, yo koupe fache, epi yo devlope aprantisay lavi ansanm.

"Mwen pa janm dekouraje. Menm lè dekourajman vle franchi pòt kay mwen, mwen manbre panse mwen pou mwen jwenn plis fòs, ki kab pèmèt mwen ale pi lwen, chak jou pi plis." (Paj 96)

Fòs lanmou ki ap deplòtonnen nan mitan anmore yo pèmèt yo konsidere tèt yo kòm modèl pou lòt anmore parèy yo. "Pandan souf la sou nou an, nou dwe fè tout sa nou kapab pou nou renmen lavi, epi pou nou kite egzanp nou nan moman nou pa pe la ankò." (Paj 96)

Plis yon moun ap li istwa lanmou Siwèl avèk Makòs, se plis li va rive konprann lanmou gen pouvwa fè mèvèy. Li pote konpwomi, tabli Konfyans epi li aprann moun dekouvri gen pasyon se Silans ki ba yo jèvrin.

"Ou antre nan lavi mwen tou dousman, san frape. Se sanzatann nou tou de pran louvri pòt pou yonn kite lòt antre natirèlman san kè kase ni ezitasyon... Nou monte abò avèk bokit nou, kòd pit nou tou nèf pou nou plonje li nan fondas lavi nou..." (Paj 61)

Langay otè a itilize nan **Silans Konfyans** lan benyen nan yon bèl apoteyoz kiltirèl. Amezi lektè a ap fè konesans avèk mesye dam sa yo nan fon istwa a, se amezi li ap pran grad kiltirèl, kote mo yo, fraz yo ap pran vòl pou yo rantre anndan yon senbolis sosyo-kiltirèl , avèk pwovèb, pawòl kode epi imaj lokal. Yo tout se kle pou klete pwofondè ewotik pawòl otè a. Se yon fason pou koze sa yo rete aksesib senpman pou natif natal kreyòl ki gen kapasite naje nan mitan pawòl doub.

Wi gen talan! Se yon estil anpenpan! Se yon sipèb plezi!

Kounye a, se noumenm lektè ki pral gen okazyon viv ale vini otè a nan chan imajis ki anndan liv la.

Bòn lekti!

Helen Mackellar

Mo Kle	**Pwovèb**
Danse banda	Bat fè a pandan li cho.
Dous Makòs	
Jui lavi	Chwal la deja fin pase. Nou pa gen rezon pou nou pran rele fèmen baryè.
Konfyans	
Kongo	Rèv chen rete nan kè chen.
Kremas	Sa ki nan kè yanm se kouto ki konnen.
Silans	
Siwèl	
Yanvalou	
Zoom	

Godrin se yon bwason peyi, moun yo fè avèk po anana yo mete tranpe. Apre yon sèten tan, li fèmante. Li vin gen yon gou espesyal, ki raple gou anana. Yo sikre li epi yo bwè li tankou kòktèl.

www.ingramcontent.com/pod-product-compliance
Lightning Source LLC
Chambersburg PA
CBHW040539170726
48295CB00012B/529